दस्तक ख़यालों की

रोज़ सुबह से रात और रात से सुबह के दौरान तमाम तरह के ख़याल हमारे दिल और दिमाग़ पर दस्तक देते हैं, तमाम तरह की घटनाओं और अनुभवों से होकर हम सभी गुज़रते हैं, कुछ अच्छा होता है, कुछ बुरा, कभी सह लिया जाता है तो कभी मन करता है कुछ बदल दें, कभी हम चुप रह जाते हैं तो कभी लगता है कहना ज़रूरी है। अब बात ये आती है कि जब कहना ज़रूरी हो तो सुनने वाला भी मिल ही जाए ये हमेशा मुमकिन तो नहीं और बात दिल ही में रह जाए तो ऐसे में दिल पर बोझ बढ़ जाता है।

एक दिन यूँ ही उँगलियों ने मोबाइल की स्क्रीन पर चहलक़दमी करते हुए ट्विटर तक पहुँचा दिया, वहाँ लोगों को अपनी बात दुनिया के सामने रखते हुए देखा तो लगा ये जगह अपने लिए भी एक ज़रिया हो सकती है दिल को हल्का करने का।

तो लिखना शुरू किया 'वजूद' नाम से। शुरुआत में एक-दो वाह भी मिल जातीं तो लगता कि शायद बात ठीक-ठाक तरह से सामने वाले तक पहुँच गई, वक़्त के साथ महसूस हुआ कि ये वाह तारीफ़ से ज़्यादा इस बात का इशारा है कि जो बात मैं कह रहा हूँ यह बात पढ़ने वाले के दिल की ही बात थी, जिसे सिर्फ़ लफ़्ज़ों में ढालने का काम मैंने कर दिया, और इस तरह मेरे साथ ही शायद पढ़ने वालों के दिल को भी राहत मिलती रही।

बात को और बेहतर ढंग से कहने की हमेशा कोशिश करता रहा, जो कि अब भी जारी है, लोगों के प्यार की बदौलत हौसला और पसंद करने वालों की तादाद दिनों-दिन बढ़ते गए, जिसका मैं हमेशा शुक्रगुज़ार रहूँगा।

ये सिलसिला जैसे-जैसे आगे बढ़ा जितना भी लिखा वजूद के नाम से ही पहचाना जाने लगा और मेरा असल नाम पीछे छूट गया।

किताब क्यूँ?

ये सवाल मैंने ख़ुद से जब पूछा तो सब से ऊपर दो जवाब निकल कर आए, जो इस किताब के छपने की वजह बने—

पहली वजह ये कि जितना भी लिखा सब छोटा-छोटा, दिन-ब-दिन लिखा, तो लगा कि कुछ चुनिंदा बटोर कर किसी एक जगह इकट्ठा कर दिया जाए, जिसकी माँग और सलाह ट्विटर पर मौजूद पसंद करने वालों, मित्रों और वरिष्ठ जनों की ओर से वक़्त-वक़्त पर आती रही। दूसरी, ये कि ट्विटर के बाहर भी दुनिया है, अगर मेरे लिखे लफ़्ज़ भटकते हुए आप तक बेनाम या किसी और नाम की तख़्ती लगाए हुए कभी किसी माध्यम से पहुँचे हों या फिर आने वाले वक़्त में कभी पहुँचें तो आप उनका असल पता जान सकें।

अब मैं चुप होता हूँ, बारी किताब की, उम्मीद है आप निराश नहीं होंगे ।

आपका,

—वजूद

दस्तक ख़यालों की

आशीष अग्रवाल 'वजूद'

प्रभात
पेपरबैक्स
www.prabhatbooks.com

प्रकाशक

प्रभात पेपरबैक्स

4/19 आसफ अली रोड, नई दिल्ली-110002

फोन : 23289777 • हेल्पलाइन नं. : 7827007777

इ-मेल : prabhatbooks@gmail.com ❖ वेब ठिकाना : www.prabhatbooks.com

संस्करण

प्रथम, 2018

चित्रांकन

प्रियंका दीक्षित

अ.मा.पु.स. 978-93-5266-869-4

DASTAK KHAYALON KI

poems by Ashish Agrawal 'Vajood'

Published by **PRABHAT PAPERBACKS**

4/19 Asaf Ali Road, New Delhi-110002

ISBN 978-93-5266-869-4

मिथिलेश सर को
समर्पित

भूमिका

दिल्ली में उन दिनों उर्दू शायरी का सालाना कार्यक्रम चल रहा था। उसी बहाने सोशल मीडिया पर बने दोस्त रूबरू हो रहे थे। एक मित्र ने बताया कि यही हैं आशीष, वही जो वजूद के नाम से लिखते हैं। उस दिन पहला व्यक्तिगत परिचय हुआ था, उस शायर के साथ जो इस दौर में यह लिखता है कि—

'मोहब्बत की तरह एक दिन तय कर दो कोई
ये रोज़-रोज़ की नफ़रतें अच्छी नहीं लगतीं'

लंबे अरसे से आशीष सोशल मीडिया पर लिख रहे हैं, बहुत गंभीर और गहरी बात कहने का अपना तरीका है इनका। दरअसल अब खरी बातें कहने या लिखने की परंपरा कम दिखती है। लेकिन ग्वालियर के यह शायर उसी परंपरा से आते हैं। हो सकता है, उन पर यह ग्वालियर की रिवायत का असर है कि वह झिझकते नहीं हैं, साफ़गोई उनकी शायरी में झलकती है—

'शख़्स दो अलग नहीं तलाशने पड़े मुझे
जो दुश्मन है मेरा वही दोस्त भी था'

अब किसी नए शायर को पढ़ते हुए अगर दुष्यंत कुमार याद आ जाएँ या बशीर बद्र और निदा फ़ाज़ली ज़ेहन में घूमने लगें तो निश्चित ही लेखक पर उन शायरों की छाप है। कहीं-कहीं तो अदम गोंडवी की तरह वे आपको चौंका सकते हैं। कई ऐसी लाइनें हैं, जिन्हें पढ़ते हुए नई सोच भी दिखती है। वह अपने आस-पास के माहौल के पारखी हैं। इसीलिए अंधी भाग-दौड़ के बीच ठहराव की बात अच्छी लगती है—

'रफ़्तार आप को मुबारक हो
हमें देखना है सही-ग़लत भी'

दरअसल किसी शायर के लफ़्ज़ जब आपके सामने होते हैं तो उन्हें पढ़ते हुए शायर की उस यात्रा से हम भी गुज़रते हैं, जिससे शायर न जाने कितनी बार गुज़रा होगा। जैसे यह शेर—

'कौन जाने वक़्त ये बदल जाए कब
मिलाकर रखिए थोड़ी फ़क़ीरी अमीरी में'

सोशल मीडिया के अलग-अलग प्लेटफ़ॉर्म पर कभी अनाम तो कभी किसी और के नाम से घूमती-फिरती आशीष की लिखी पंक्तियाँ मोबाइल फोन पर अक्सर फ़ॉरवर्ड होती हैं। इसकी वजह सरल शब्दों का चुनाव और सीधी कही गई बात है। उम्र बेशक कम हो, लेकिन 'वजूद' के तौर पर इनका तजुर्बा किसी बड़े शायर जैसा लगता है—

'मुखौटे ही अच्छे हैं इस दौर में
चेहरा दिखाओ तो लोग बुरा मानते हैं'

पत्रकार होने के नाते अख़बार की मजबूरी और ख़बरों की जद्दोजहद को समझ सकती हूँ, आशीष ने एक पाठक की नज़र से इसे भी बख़ूबी बयाँ किया है।

'उदास हूँ, डरा हुआ, ग़ुस्से से भर चुका हूँ
पहुँच गया हूँ अख़बार के आख़िरी पन्ने तक'

ऐसे बहुत से शेर आपको इस किताब में मिलेंगे, जो आपकी ज़बान पर रह जाएँगे और ज़ेहन में जगह बना लेंगे।

आशीष के इस वजूद को अनेकानेक आशीष।

—रजनी शर्मा
दिल्ली

कोई सरहद पर कोई घर पर रहता है
दोनों हिम्मत रखते हैं दोनों सब्र रखते हैं

क्यूँ आराम में मज़ा नहीं
लगता है मैं थका नहीं

मैं सोचता हूँ मुस्कुराने में जाता है क्या
वो सोचता है कि मैं परेशाँ नहीं

परखता है हद हमारे हौसले की कोई
शहर में रोज़ एक हादसा हो जाता है

पत्थर हम ही पर उछालेंगे वो
जानते हैं हम बर्दाश्त कर लेंगे

दिलासा सब को दे दिया है मैं ने
मुझ को अब सम्भाल ले कोई

लगा कर आँख को रखा हमेशा दरवाज़े पर
हम ने दुश्मनों को घर के अंदर नहीं देखा

करते हैं दुश्मन की चलो मुश्किलें कम
आओ आपस में लड़ मरते हैं हम

काम यक़ीनन कोई ठीक ही कर गया हूँ मैं
दुश्मन मेरा मुझ से परेशाँ सा है

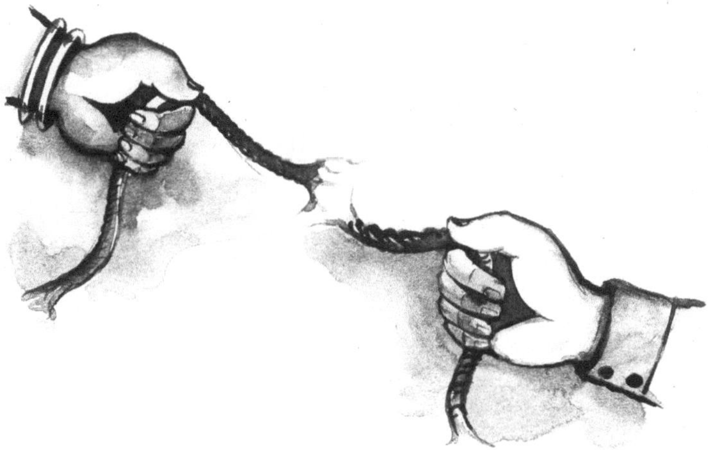

कच्चा निकला रिश्ता ज़रा
पक्के निकले ज़िद के दोनों

देखो कैसे बिखरे दोनों
औरों की हिम्मत थे दोनों

सीधी–सादी बात थी यूँ तो
माने पर उलझा के दोनों

ख़ता एक की बता रहे हैं
जुर्म में शामिल थे दोनों

दोनों हारे कोई न जीता
आपस में लड़ते थे दोनों

अलग हो गए इक-दूजे से
इक-दूजे को तरसे दोनों

चुप्पी अब तक जारी है
बात को दोनों पकड़े हैं

जाऊँ तो मुझे वो जाने भी नहीं देता
रिश्ता बचा तो लेता है निभाता नहीं है

रिश्ते निभाते हुए बोझ लगते हैं
और फिर शिकायत भी तन्हाई की

इरादा कर के सोते हैं जिएँगे शराफ़त से कल से
सुबह फिर हाथ में अख़बार आ जाता है

उदास हूँ, डरा हुआ, ग़ुस्से से भर चुका हूँ
पहुँच गया हूँ अख़बार के आख़िरी पन्ने तक

मर गया कोई भूख से शोर ये चारों तरफ़
मगर ये ख़बर भी किसी की ख़ुराक है

लगता है कल शहर में सुकून रहा
वज़न अख़बार का आज कम सा है

देखते हो बस ऐब ही ऐब मुझ में
मीडिया से हो गए हो आज-कल तुम

रौनक़ें कहाँ दिखाई देती हैं अब पहले जैसी
अख़बारों के इश्तिहार बताते हैं कोई त्यौहार आया है

त्यौहारों के बहाने
रिश्ते घर तो लौटते हैं

तारीख़ें आगे-पीछे भी हो जाती हैं कभी-कभार
बच्चे घर आ जाते हैं माँ त्यौहार मना लेती है

भली इतनी है अगर
गालियों में फिर क्यूँ है माँ

कोई ज़रूरतों की कोई ख़्वाहिशों की
कर रहे हैं मज़दूरियाँ सब ही

इंतज़ाम ज़रूरतों का हो भी जाए
चैन हैसियतों ने छीन रखा है

किसी को ये अफ़सोस कि शौक़ का सामान नहीं
और पूरी नहीं होती किसी की ज़रूरतें यहाँ

अभी ज़रूरतें बाक़ी हैं
इधर ख़्वाहिश मचलने लगी

ख़्वाहिशों ने की है कोशिश गिराने की अक्सर
ख़ुद्दारियों ने लेकिन हम को सँभाला है बहुत

किसी को किसी के लिए तरसते हुए देखा
हासिल है ख़ुद को क्या-क्या सब याद आया

फिर ज़िक्र हुआ फ़रमाइशों का घर में एक बार
हम देखते रहे दीवारों की दरारें देर तक

बोझ उम्मीदों का था, चुभन ख़्वाहिशों की थी
ये मालूम हुआ एक सफ़र के बाद

छत है सर्दियों में, गर्म कपड़े हैं
हम कितने ख़ुश-क़िस्मत हैं

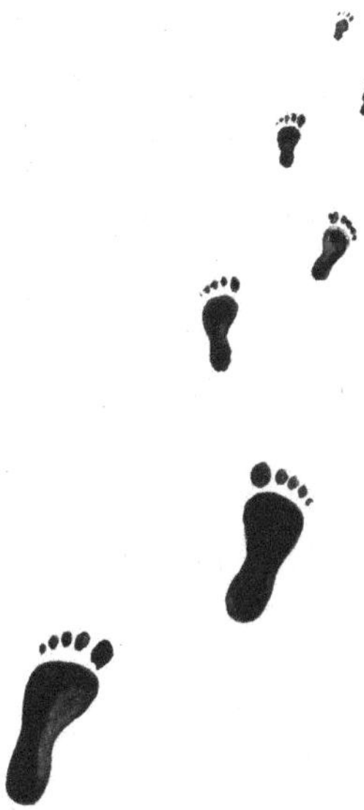

उन से ज़रा आगे निकल आया हूँ
कुछ ऐब मुझ में इस लिए भी हैं

ऐब हमारे गिनाए जा रहे हैं
ताकि उन के भूल जाएँ लोग

एक हुनर है चुप रहने का
इक ऐब है कह देने का

कुछ दिनों से मुझ में मिला नहीं कोई ऐब
कुछ लोग इस लिए ख़फ़ा हैं आज-कल

ये भी ऐब के जैसा है
किसी ऐब का न होना

ताल्लुक़ात बढ़ाने हैं तो कुछ आदतें बुरी सीख लो
ऐब न हों तो लोग महफ़िलों में नहीं बैठाते

वो जो ऐब हुआ करते थे
अब उन्हीं में शोहरतें हैं

दिन वो और थे जब किया जाता था ऐबों पे पर्दा
ख़ैरियत चाहिए गर अपनी अब शराफ़त छुपाइए

ऐबों के सिवा मुझ में मिलता ही क्या
ख़ूबियाँ तो सारी आप में सिमट गईं

सियासत के लिए महज़ खेल हैं हम
बाँटा जा रहा है ताश के पत्तों की तरह

न हिंदू को सुकूँ है न मुसलमान को है चैन
सियासत मज़े में थी सियासत मज़े में है

जाने क्या-क्या समझे थे
देखा तो सियासत थी

अवाम माँगने लगे न कहीं हिसाब वादों का
सियासत जानती है कब जज़्बात छेड़ना है

सियासत तय करती है ये इस का वो उस का
वर्ना सब कुछ हमारा-तुम्हारा है

नज़र आप-हम को भले आए कुछ भी
नफ़रतों में दरअसल सियासत है ज़्यादा

सियासत में सही-ग़लत ढूँढते हैं
हम लोग कितने भोले हैं

रौशनी में कहाँ दिखाई देता है सब
कुछ चेहरे नज़र आते हैं अंधेरा होने पर

उजाले देर तक हों तो उन्हें चुभने लगते हैं
कुछ लोग अंधेरों का कारोबार करते हैं

मोहब्बत की तरह एक दिन तय कर दो कोई
ये रोज़-रोज़ की नफ़रतें अच्छी नहीं लगतीं

मोहब्बत ले कर रखने की चीज़ नहीं
बाँटना पड़ता है मोहब्बत को

उस के जैसे हुए जा रहे हैं
देखो ख़ुद को मिटा रहे हैं

बात किसी से चाहे दिन-रात कीजिए
बात अलग होती है मिलने-जुलने में

मुलाक़ातें अक्सर मुमकिन हैं
अक्सर कोई बहाना नहीं मिलता

ये जो भी हूँ मैं बस तुम्हारी ही ख़ातिर
सच कहूँ ये मेरा मिज़ाज नहीं है

इक न इक दिन वो आएगा ख़ुद-ब-ख़ुद
हर रोज़ सोचते हैं यही बात हम दोनों

दिल तो आज भी सस्ते हैं
दौलत जिस्मों पे ख़र्च होती है

रूह का रूह से कोई वास्ता ही नहीं
जिस्मों को जिस्मों से मोहब्बत है बहुत

ज़रूरतें और हालात करते हैं मजबूर वर्ना
छोड़ कर खिलौने घर से निकलता कौन है

मजबूरियाँ माँ-बाप की समझ जाता है
बच्चा ग़रीब का जल्दी बड़ा हो जाता है

उसकी ग़रीबी ने नवाज़ा है इस हुनर से उसे
बात ख़्वाहिशों से शुरू कर ज़रूरतों पर ले आता है

किसने चलाया ये तोहफ़े लेने-देने का रिवाज
ग़रीब आदमी मिलने-जुलने से डरता है

दौलत आप से है माना कम हमारे पास
अब ये हमारी बद-तमीज़ी तो नहीं

दौलत भी ज़रूरी है
दिल के सब क़ाबिल नहीं

अच्छी-भली अपनी हालतों की फ़िक्र सताने लगी
जा कर बैठ गया था कुछ देर ऊँचे लोगों में

कौन जाने वक़्त ये बदल जाए कब
मिला कर रखिए थोड़ी फ़क़ीरी, अमीरी में

जो है, जैसा है, सब्र रख, शुक्रिया कर
वर्ना लोगों के साथ क्या-क्या न हुआ

घर में चार बेटियाँ हैं जो
ये एक बेटे की ख़्वाहिश है

सोच को उठा कर ज़रा ऊपर देखिए
क़ाबिल हैं हम और आसमाँ तलक हैं

कहाँ किसी से कम हो तुम
जितना मैं हूँ उतनी तुम

रास आ गए हैं कुछ लोगों को हम
कुछ लोगों को ये बात अखरने लगी है

ये मानते हैं के हम सर झुकाते हैं
ये ज़रुरी नहीं तुम ख़ुदा हो जाओ

हम जो उन्हें कुछ कहते नहीं
समझते हैं वो हम समझते नहीं

सुबह बदन की रोज़ होती है
एक सवेरा हो सोच का भी

किसी को किसी से भी कम न आँकिए
देखो दिनों ने मिल कर साल बदल दिया

चंद बूंदों का है कारनामा देखिए
सड़कों पर ये जो गहरे गड्ढे हैं

वर्ना रह जाएगा बस मकाँ बाक़ी
घर को रिश्तों की ज़रुरत है

कुछ तो रटने–रटाने हैं बस
रिश्ते सब समझने के नहीं

जान है बाक़ी रिश्ते में
अभी शिकायत होती है

रिश्ते समझ आने लगे
पहले बुरा लगता था

सोचते थे रिश्ता है
लगता है ज़रूरतें थीं

पागल मुझे समझता है
आड़ को रिश्ता कहता है

दिमाग़ कुछ रिश्तों में आता नहीं दरमियाँ
कुछ लोगों से कभी-कभी मैं रूठ जाता हूँ

जैसे सफ़र का मुसाफ़िर घर को
तेरी तरफ़ मैं यूँ लौटता हूँ

होता ही नहीं ख़त्म इंतज़ार कभी-कभी
इंतज़ार करते हुए लोग ख़त्म हो जाते हैं

हरे-भरे अब भी कुछ पेड़ नज़र आते हैं
लगता है पिछड़ गया शहर मेरा

लोग कहते हैं कर ली तरक़्क़ियाँ हम ने
लगता है मुझे यूँ के मुश्किलें बढ़ाई हैं

ये तो कोई होड़ सी है
ज़िंदगी का क्या हुआ

कितना होना है बर्बाद
कितनी तरक़्क़ी बाक़ी है

तरक़्क़ियों के दौर में एक तौर सलामत रखना ख़ुद में
टी.वी. ने सहेज रखा है आज भी दूरदर्शन को जैसे

रफ़्तार आप को मुबारक हो
हमें देखना है सही–ग़लत भी

आराम हावी हुआ है आदमी पर इस क़दर
इस्तिमाल अक़्ल का भी अब एक काम लगता है

वो दौलत को बहाना पानी की तरह
वक़्त आ गया है कहावत बदल दीजिए

कुछ बचा भी लो सुकूँ
थोड़ा पिछड़ा रहने दो

फिर शायद ये हादसा न होता
गर चेहरे पर मेकअप न होता

इतना भी वो ख़ूब नहीं
जाने कितने फ़िल्टर हैं

इक फोटो पर इतने फ़िल्टर
क्या वाक़ई इतने झूठे हो

लगने लगे हैं ख़ुद को अच्छे वो इस क़दर
इस क़दर के अच्छा लगता नहीं कोई और

आँखों के नीचे काले घेरे बताते हैं
होंठों पर जो मुस्कान है झूठी है

आदत में अपनी दिखावा नहीं
और वो हमें देखते ही नहीं

हालत ख़राब हुई जा रही है
हालत अच्छी है, दिखाने में

ख़ूबसूरती पे अपनी उसे यक़ीं नहीं शायद
वो आईने में ख़ुद को बार-बार देखता है

तुम समझते हो ये तुम पर फ़िदा हैं
ये दीवाने तुम्हारी ख़ूबसूरती के हैं

कैसे रिश्ते को सँभालेगा वो
उस ने खो दिया नंबर मेरा

उन को हमारी याद नहीं आती
आज-कल वो ख़ैरियत से हैं

कुछ लोग आज-कल मुझे भूल जाते हैं
ये लोग ता-उम्र याद रहेंगे मुझे

ताल्लुक़ न बढ़ाने में भी फ़ाएदा है
ताल्लुक़ तोड़ना आसान होता है

कोशिश है कुछ जताने की या फिर
लोग वाक़ई मसरूफ़ हो जाते हैं

अक़्ल शामिल हो हर जगह ज़रूरी नहीं हर बार
कुछ रिश्ते बे-मतलब, बे-वजह भी होते हैं

गुफ़्तुगू में उन को तकलीफ़ है शायद
तो अब से ये होगा कि परेशाँ न करेंगे

पहले आती थीं शिकायतें तक
अब तो जवाब भी नहीं आता

मुनासिब यही के अब हो जाएँ जुदा
आओ इक-दूजे को ख़फ़ा किया जाए

मैं क्या कहूँ ये रस्मो-रिवाज की बातें हैं मगर
तुम्हें तकलीफ़ हो मेरी वजह से अच्छा नहीं लगता

इतराता है यूँ ही चाँद
भूखों की मजबूरी है

मेरे हो तो बस बने रहो
जताते हो तो ग़ैर से लगते हो

भरोसा चाहते हो तो थोड़ा तुम भी रखो मुझ पर
ये प्यार नहीं जो इक-तरफ़ा हो जाए

वो तब कहेंगे अच्छा हम को
हमें उन के मुताबिक़ होना चाहिए

मैं देखूँ तो ख़ुद को सँभालता है वो
यानी नज़र में असर क़ायम है अभी

न माँगना, मेरी आदतों में है शामिल
ये नहीं कुछ तुझ से चाहता ही नहीं

बुरा जब जी चाहे साबित कर देता है मुझे
उसे मालूम है किस बात से ख़फ़ा होता हूँ मैं

वो जब नहीं होता है
महसूस होता है

नाच तो रही है मगर
ख़ुश नहीं होगी शायद

शामिल न इक–दूजे में कीजिएगा
एक मैं हूँ और इक ज़िंदगी है मेरी

उस की तकलीफ़ें भी होंगी
उस की केवल मौज दिखी

ग़म दूजे का उदासी किसी की
निकल आती है बात अपनी सी

उस में देखना अच्छाई भी
सब में सब कुछ बुरा नहीं होता

अपनों से हर इक बात की सहूलत नहीं
आना पड़ता है इसलिए अजनबी लोगों में

हैं सब के यहाँ पर उसूल अपने-अपने
हैं सब की अपनी मजबूरियाँ यहाँ

ये मान लो है सब कुछ बुरा ही मुझ में
फिर देखना अच्छा लगने लगूँगा मैं

हम सा ढूँढ लेंगे कोई
ख़ुद को बहला लेंगे लोग

हल्की–फुल्की सी ज़िंदगी
बोझ ख़्वाहिशों का है

* सोशल मीडिया पर एक बड़े लेखक के नाम से विख्यात।

कभी फ़ुरसत में आ तसल्ली से बैठ
ज़िंदगी तुझ से मशवरा चाहता हूँ

ज़िंदगी इसलिए भी कुछ भारी लगती है
ऐसा हम सोचते हैं बहुत जीना है अभी

कभी सोचता हूँ ज़िंदगी क्या है
बिजली के खंबे पर गिलहरी है

मुश्किल ज़िंदगी को कर लिया है
लोगों की कहते-सुनते हैं

लगने लगे जब ज़िंदगी से शिकायतें ज़ियादा
एक चक्कर किसी अस्पताल का लगा आना

ज़िंदगी कह रही है उसे गुज़ार दें हम
हम मगर चाहते हैं जीना ज़िंदगी को

हिम्मत रोज़ करता हूँ मैं तुझ को जीने की
तू भी तो ऐ ज़िंदगी मेरा हौसला बढ़ा कभी

दुरुस्त रखिएगा हिसाब-किताब ज़रा इस का भी
ज़िंदगी की न जाने कब 'मार्च' आ जाए

इस डर की तुम्हारे है इक वजह और
करने लगे हो एहतियात कुछ ज़्यादा

हादसों की पड़ गई है आदत
लोग ख़ुशियों में ग़मज़दा हैं

पहले हुआ करता था कहीं-कहीं पर ख़तरा
अब कोई जगह महफ़ूज़ नहीं

हम ने ख़तरा बता दिया तो
हमें शिकारी समझ रहे हैं

क़ाएदों ने आप के कर दिया परेशाँ
आसाँ लगती हैं अब सज़ाएँ हमें

दिए जा रहा है मुझ को सज़ाएँ वो
निकलता जा रहा है अब डर मेरा

हो चुका बर्बाद मैं
निकल चुका डर मेरा

दूजा कोई इंतज़ाम नहीं
पास हमारे हौसला ही है

लड़खड़ाते हैं, संभलते हैं
तजरबे हैं, हो रहे हैं

हम पर किसी की ज़िम्मेदारी है
हमारा होश में रहना ज़रूरी है

चाहता है वो कि बहक जाएँ हम
इसीलिए ख़ुद को सँभाले हुए हैं

ज़रूरत शराब की पड़ती नहीं
नशा काफ़ी है ज़िंदगी का मुझे

ये तो ख़ुद को सँभाले हुए हैं
शरीफ़ इस क़दर हम हैं तो नहीं

यक़ीन मुझे वो दिलाता भी नहीं
और कहता है आप को वहम है कोई

कुछ भरम टूटेंगे कुछ यक़ीन बदलेंगे
तुम इक दफ़ा मुझ से मिलना कभी

किरदार को अपने यूँ न बयाँ करो खुल कर
ये शरीफ़ों का शहर है अदाकारी ज़रूरी है

मैं ये सोचता हूँ किरदार सलामत रहे
वो सोचता है मैं कुछ कर सकता नहीं

राज़ कुछ गहरे दफ़्न कर रखे हैं मैं ने
किरदार कुछ लोगों के सलामत हैं इस तरह

अंधेरे बहुत हैं ज़िंदगी में उस की
रौशनी बारात में मगर उसी से थी

तन पर उस के कपड़े नहीं
हमें अफ़सोस पुराने हैं

कपड़े फटे पहन सकते हैं
अमीरों को सहूलत है

चमचमाते फ़र्श पर पक्की दीवारों में ही नहीं
कुछ दुकानें होती हैं झोलों में कंधों पर

मुश्किल है बहुत क़र्ज़ के बोझ तले दबना
हम को झिझकने में आसानी है

ये चोरी की रोटियाँ मुबारक हों आप को
हम को ईमान की भूख में सुकून है

तरक़्क़ियाँ अपने हिस्से में भी आतीं बहुत
मगर हमारी ख़ुद्दारियाँ कुछ ज़ियादा रहीं

इक ज़मीर भी होता है
अक़्ल तो हम भी रखते हैं

तमन्ना आई थी दिल में एक
फिर आँखों से निकल गई

हैं कुछ लोग सच में यहाँ क़ाबिल बहुत
मगर है कुछ की जान–पहचान अच्छी

क़िस्मत पे और बढ़ गया यक़ीं
क़ाबिलियत धरी रह गई फिर

झूठी तारीफ़ें आपस में
दोनों को सहारा है

कैसे हासिल होंगी मंज़िलें न जाने
रास्तों से पहले उसूल बना बैठे हैं

यूँ पा कर भी चैन कहाँ पाओगे
तुम खो कर भी हमारा सुकूँ देखना

मुश्किलें ख़ुद की बढ़ाई हैं अक्सर सच बोल कर मैं ने
क़ुसूर-वार अपनी हालत का आप ही हूँ मैं

सच पर यक़ीन बाक़ी है
मुसलसल हारे जा रहा हूँ

ये जानते हैं इस में है नुक़सान फिर भी
ख़ुद्दारी को हम ने ख़ुद से ऊपर रखा है

वजह ख़ुद्दारियों की एक ये भी है मेरी
थक सा गया हूँ मैं आज़मा कर लोगों को

तुम तारीफ़ें मत किया करो मेरी
लोगों को अखरने लगता हूँ

अभी कुछ लोग याद करते हैं मुझे
कुछ लोगों के अभी काम आता हूँ मैं

देखना है अज़ीज़ तुम्हें रहता हूँ के नहीं
सोचता हूँ तुम्हारे किसी काम का न रहूँ

तमन्ना बस इतनी है अफ़सोस हो तुम्हें
छोड़ा है तुम ने बहुत आसानी से मुझे

ज़रूरत मेरी करेगी उनकी आँखों का इलाज
उन्हें फिर नज़र आने लगूँगा मैं

तुम अच्छे हो मगर जानते हो क्यूँ
तुम ने उन को ख़ुश कर रक्खा है

हम तो समझते थे जी बहलता है उन का
दरअसल हमें वो बर्दाश्त कर रहे थे

मुमकिन है अब न पहचाने
याद मुझे जो करता था

नहीं अभी कोई साथ निभाने वाला
जाते हैं अपनी उदासी के पास

तन पर पूरे कपड़े हैं
वो समझें हम पिछड़े हैं

कितना नीचे गिरना होगा
कितनी दूर तरक़्क़ी है

उन का हाल बताता है
अपनी हालत कैसी है

ग़लतफ़हमी है माना ये
कोई ज़िन्दा इसी से है

ज़रा ख़ुद को किया आसाँ
क़द्र फिर जाती रही

कुछ हम नहीं रहे मौजूद
कुछ लोगों की नज़रंदाज़ियाँ थीं

पहले तो रखना है नीयत को साफ़
बतलाना है फिर हमें हैसियतें अपनी

ख़ुश कितना है ये बता
हैसियत का ज़िक्र न कर

जलवे जिस्म को अपने हम करा तो दें रोज़
मगर हो रूह भी राज़ी ये शर्त रहती है

अजब है असल ज़िंदगी छोड़कर
लोग जी रहे हैं तस्वीरों के लिए

कोई संगीन जुर्म किया है शायद
तस्वीरें अक्सर क़ैद होती रहती हैं

दे रही हैं सुकून तस्वीरें पुरानी
तो क्या हालात अब ठीक नहीं

तारीफ़ें तस्वीरों की मेरी किया करता है
मुझे चाहता न हो शक्ल-ओ-सूरत तक

शायद इसी बहाने कोई बात शुरू हो
सोचता हूँ अपनी तस्वीर बदल लूँ

कभी तो कहीं से आओ सामने मेरे
मैं ने तुम्हारी सब तस्वीरें मिटा दी हैं

बिछड़ कर उस से इक तमन्ना है दिल में
कमज़ोर हो जाए अब याद्दाश्त अपनी

याद तुम्हें किया करते हैं अब यूँ भी अक्सर
फोन को उठा कर तुम्हारे नाम तक जाना

नंबर फोन से तो मिटा दिया कब का
ज़ेहन से तुम्हें डिलीट करूँ कैसे

आमादा हैं लोग ख़ुद की जान लेने पर
दुनिया ज़रा हौसला दे जीने वालों को

थे धूप से परेशाँ अब तकलीफ़ बारिश से
शिकायतें शुमार हैं आदमी की आदत में

न होना उदास, फिर करना प्रयास
इस में मौत से तकलीफ़ कम है

सारी बातों को जमा कर रहा है
दिल आज-कल ख़र्चता ही नहीं

शिकायत अब नहीं करते हैं
रो लेते हैं, हँसते हैं

मिल-जुल कर कुछ चीज़ें दुरुस्त करनी थीं
लगे हुए हैं इक-दूजे को ठीक करने में लोग

कुछ की तो वाजिब हैं शिकायतें यहाँ पर
मलाल करना कुछ लोगों की आदत भी है

गुज़र जाएँगे ये दिन भी बीते दिनों की तरह
याद कर वो दिन ये दिन न गँवाइए

होती रहेंगी ग़लतियाँ भी मुझ से
अभी कोशिशों से थका नहीं मैं

फ़ासला इस लिए रखा मैं ने
वो क़रीब था हर किसी के

तुम को पाने की अब तमन्ना न रही
कर लिया है तुम ने ख़ुद को आसाँ बहुत

दूर जाने की मुझ से वो वजह ढूँढ रहे थे
तरस खा के उन पर ख़ता कर दी मैं ने

मजबूरी में साथ रहे हम
सहूलतों में बिछड़ गए

ये ख़ामोशी मुझे भी कहाँ ठीक लगती है
लेकिन सामने मेरे वो शख़्स आए तो

कमियाँ तो पहले भी थीं मुझ में
बहाना ढूँढ रहे हो तो अलग बात है

इतना नज़र-अंदाज़ भी न करो
कि हमें तुम्हारी आदत ही छूट जाए

कहता है कि वक़्त नहीं
हालाँकि अब फ़ुरसतें हैं

कोई सामान नहीं अब बाक़ी
ज़ेहन में तुम्हारी निशानियाँ हैं

कमज़ोर ख़ुद को ज़ियादा न कीजिए
आप इतना सोचा न कीजिए

मुश्किल मेरी ये कि सोचता हूँ बहुत
और कभी-कभी बिल्कुल नहीं सोचता

हो गया जा कर भीड़ में शामिल
आख़िर वो भी कमज़ोर हुआ

हाँ थोड़े कमज़ोर रह गए
कहीं-कहीं पर सहूलतें थीं

अदाकारी ज़रा है कमज़ोर मेरी
लोग कहते हैं आदमी बुरा हूँ मैं

मुखौटे ही अच्छे हैं इस दौर में
चेहरा दिखाओ तो लोग बुरा मानते हैं

बुराई मुझ में ख़त्म हो जाएगी
उन्हें अच्छा कहने की देरी है

बुरा जो होता मैं अगर
मुझे वो जाता न छोड़ कर

थक कर शायद थम जाता ख़ुद-ब-ख़ुद
लोग रोकते रहे हौसला मिलता रहा

दुश्मनी में दोस्ती सी आसानी नहीं
दुश्मनी को निभाना पड़ता है

उम्मीदों पर खरे उतरे
सच्चे दोस्त काम न आए

दोस्तों से दौलतों में कुछ पिछड़ गए हम
आ गया कुछ फ़ासला दोस्ती में इस तरह

फ़ुरसत दोस्तों को मिलती है कम आजकल
मुलाक़ातें किताबों से होती हैं अक्सर अब मेरी

आज़माइश दोस्तों की होती रहे
बनाता हूँ मैं कुछ दुश्मन इसलिए

लायक़ नहीं दोस्ती के आप
और दुश्मनी के क़ाबिल नहीं

शख़्स दो अलग नहीं तलाशने पड़े मुझे
जो दुश्मन है मेरा वही दोस्त भी था

भीड़ थी दोस्तों की इर्द-गिर्द बहुत
किया फिर शुरू सच बोलना मैं ने

कोशिश है सच ज़रा कम बोलूँ
अब कुछ दोस्त बनाए जाएँगे

लहजा कर रहा है बयाँ सब कुछ
लफ़्ज़ों का बरतोगे एहतियात कितना

इक एहतियात रखता है क़ायम बातों के दरमियाँ
यानी उस के लिए हम अब तक ग़ैर हैं

आपको तो थाम लेना था हाथ
मैं अगर हिचकिचा रहा था

कभी बातों से बात बिगड़ भी जाती है
कभी ख़ामोशी रिश्ता सँभाल लेती है

वादे ज़िंदगी भर के किए थे उस ने
तो क्या ज़िंदगी अब ख़त्म हुई

कुछ रिश्तों को फिर ता-उम्र तरसते रहे
कुछ लोग थे जो वक़्त से पहले बिछड़ गए

वो रिश्ता दिलों का, वो राब्ता, अहमियतें
सब आ गए हैं अक़्ल के दायरे में

नाराज़गी तुम्हारी है कम दरअसल
ख़फ़ा ख़ुद से मैं तुम से ज़ियादा हूँ

नाराज़गी खिंच रही है लंबी बहुत
टूट ही न जाए रिश्ता कहीं

फ़ाइल सी है इक ख़्वाहिशों की
इधर से उधर सरकाते रहते हैं

क़ीमत अदा करो मेरी ईमानदारी की वर्ना
ये दौर है महँगाई का मैं बे-ईमान हो जाऊँगा

क़द बढ़ रहे हैं ख़्वाहिशों के
घट रही हैं ख़ुद्दारियाँ मेरी

फिर ख़ुद्दारियाँ ज़रा घट सी गईं
कुछ फ़ाएदे-नुक़सान का हिसाब लगाया था

चलो मैं भी दौड़ता हूँ इस होड़ की दौड़ में
तुम सिर्फ ये बता दो इस की मंज़िल कहाँ है

ज़रुरत नहीं थी असलियत में शायद
कर्ज़दार हुए हम शौक़ ही शौक़ में

दुआ है सब कुछ मिल जाए
उसूल एक भी ख़र्च न हो

वो था जैसे इक उसूल कोई
अफ़सोस लेकिन बदल गया

लोगों से कुछ काम पड़ा है
ख़तरे में ख़ुद्दारी है

जगा तो रही हैं मुझे तुम्हारी यादें मगर
इल्ज़ाम देख लेना आएगा कॉफ़ी के सर

कुछ ख़्वाब देख रहा हूँ खुली आँखों से
आज रात नींद की ख़्वाहिश नहीं है

कोई जागता है किसी के इंतज़ार में मगर
शहर पाबंद है वक़्त का सो जाता है

नींद आ रही है
तुम ने रोक रखा है

कभी आँसू भी आते हैं
रोज़ नींद नहीं आती

रात को ख़्वाब में आए थे तुम
नींद में रात भर जागता रहा मैं

ख़्वाब में बताओ फिर आए क्यूँ
नाराज़गी तुम्हारी आधी–अधूरी है

वो सामने था मेरे, मुझे यक़ीं न हुआ
मैं ख़्वाब के जैसे उसे देखता रह गया

नींद तो अब भी बहुत आती है मगर
समझा-बुझा के उठा देती हैं ज़िम्मेदारियाँ मेरी

क़समें साथ में खाई थीं हम ने
फ़ैसले उस ने अकेले ही किए

उकता गया है मुझ से वो
मुझ से जो बहलता था

उस ने छोड़ दिया परेशाँ करना
उस के लिए अब तरसता हूँ

दिसंबर सा मैं जनवरी से तुम
क़रीब आ कर बिछड़ गए हम

मलाल ये कि उसे हम पा न सके
तसल्ली ये कि उस को खोया नहीं

जी तो नहीं था दूर जाने का मगर
मैं बिछड़ गया उस की सहूलत के लिए

जानते थे कहाँ तो हम राज़ तेरे सारे
आज तेरे हाल से भी वाक़िफ़ नहीं हम

उसे भूलना तो नहीं मुमकिन
भूलनी होंगी ख़ताएँ उस की

लौट कर वो शख़्स आ गया है
मान कर बैठे थे हम डूबत जिसे

दौलत थोड़ी कम भी चलेगी
फ़िक्र ख़र्चिए ज़्यादा हम पर

अब बड़ा मुश्किल है ख़्वाहिशों को पाना
बचपन में ज़रा-सा बस रो देते थे

अब तो निकलते ही असर करती है
धूप बचपन में तो महसूस नहीं होती थी

बे-हिसाब दौलतों में भी अब लुत्फ़ नहीं उन सा
चंद सिक्के जो बचपन में गिन कर मिला करते थे

झूठ कभी बच्चों से कहना ही पड़ता है
सबक़ कुछ यूँ भी सिखलाने पड़ते हैं

नुक़्स तो नहीं था अपनी बात में कोई
लेकिन हमारी उम्र हमारे ख़िलाफ़ गई

आँखें नापती हैं देर तक ऊँचाई सीढ़ियों की
उम्र इस तरह भी देती है पता अपना

दवाएँ सामान में शामिल हुईं
उम्र का ये सफ़र शुरू हुआ

गुज़र गया एक और साल उम्र का
सुकूँ है ज़मीर ज़िंदा है

शराफ़त ढूँढती फिरती है अब गली-कूचे
और काम ग़लत सारे खुले-आम होते हैं

ये क्या बोलते हो ज़रा तमीज़ से बात करो
यूँ बार–बार मुझे शरीफ़ न कहो

क़त्ल कर दीजिए कोई कुछ भी न कहेगा
कुछ कहा अगर तो क़त्ल कर दिए जाओगे

शामिल हो गया है ऐबों में
सच बोलना अब फ़न नहीं रहा

मंज़िलें हासिल होंगी सच के रास्तों से
हौसला है न जाने मेरी ग़लतफ़हमी है

छिपा रहा है ज़हर को अपने
कितना मीठा बोल रहा है

आओ करें ख़ुद को कुछ दुनिया के जैसा
इस से पहले कि हम बद-तमीज़ हो जाएँ

लिहाज़ ज़रा सा कर लिया हम ने
लिहाज़ा हम ही गुनाहगार हुए

ज़िंदगी जी भर के जी न सका
शराफ़त के मुझ पे धब्बे लगे थे

राय मेरे बारे में बनाई जा रही है
यानी उन तक मैं पहुँच गया हूँ

आईना निभा देता है फ़र्ज़ अक्सर अपना
ख़ामी नज़र ही में हो तो क्या करे कोई

पहले किया करता था बातें ये सही वो ग़लत
अब वो समझता है फ़ाएदा-नुक़सान क्या है

गुनाहगार मैं ही था अकेला ऐसा तो नहीं था
हाँ ये है के मुझ में सलीक़ा नहीं था

लगता है हम ही अकेले हैं समझदार
हर बात हमें ही समझाई जा रही है

खींचने लगा है पीछे अब ये मुझे कौन
लगता है मंज़िल के क़रीब आ गया हूँ

आते हैं दिमाग़ को सब काम आप वाले
दिल है जो हमारा मगर राज़ी नहीं होता

बात को मैं ने फ़क़त दबा दिया है
वो समझता है क़िस्सा ख़त्म हुआ

अच्छे कुछ लोग होते हैं वाक़ई
और कुछ लोग जताते रहते हैं

कमरा छोटा है भगा दो इसे
नाराज़गी बड़ी देर से ठहरी है

तुम से थोड़ी गुफ़्तुगू चाहता था
तुम को टोका था बस इसलिए

बे-वक़ूफ़ ही समझा तुम ने
मासूमियत भी होती है

चाहता हूँ मैं तुम से रूठ जाने को
मनाने का गर तुम भरोसा दो मुझे

यही तरकीब आख़िरी है
अब के ख़फ़ा हो जाऊँगा

ख़फ़ा हो कर उस से दिखा दिया मैं ने
उसे लड़की होने का बहुत ग़ुरूर था

आने लगीं फिर याद हमें उस की भली बातें
सँभाला दिल को, याद कर फिर उस की ख़ताएँ

दे कर इक आवाज़ बुला लूँ उसे अभी
मगर मैं चाहता हूँ वो ढूँढे मुझ को

तसल्ली ये रही कोई और न आया
दरमियाँ हम दोनों के बस शिकायतें रहीं

कुछ कम इसलिए भी है
उम्मीदें कुछ ज़्यादा हैं

सब कुछ ख़रीदना होगा शायद
सब कुछ बाज़ार हो जाएगा

ज़रूरतें जैसे-तैसे पूरी हो जाती थीं
कर दिया ख़्वाहिशों ने क़र्ज़-दार हमें

गुनाह न कोई हो जाए
सोच-समझ के ख़्वाहिश कर

ख़्वाब उतने ही देखे जाएँ
कि हक़ीक़तें रूठ न जाएँ

हैरान होते हो क्यूँ अब गँवा कर सुकूँ
फ़र्क़ रखना था थोड़ा ख़्वाहिशों और ज़रूरतों में

दौलत से थोड़ी लीजिए फ़ुरसत
आइए ज़रा रिश्ते टटोलें

रात सुकूँ से सोए आप
दौलत ये भी कम तो नहीं

ख़ुशियों को वो पहचानता नहीं
अभी मुश्किलों से मिला नहीं

क्या ख़ूब ये चीज़ आ गई हाथों में हम बद-तमीज़ों के
झुका कर सर अब सब अदब से रहते हैं

डूबे हुए हैं मोबाइल में अपने-अपने दोनों आज
फ़ुरसत नहीं थी इक-दूजे की आँखों से कभी

थक के पड़ा हुआ है बदन पूरा बिस्तर में
आँखें अब भी जमी हुई हैं मोबाईल पर

जल्दी मैं सो जाता था
ख़्वाब में कोई दिखता था

बातें ख़ुद से भी दो-चार हो जाती हैं
रात में कभी-कभी जब नींद नहीं आती है

इतना शोर मचा डाला
अब आहट को तरसे हैं

ठहर गया है ख़याल कोई
ज़ेहन में चल रहा है बहुत कुछ

ऐसा नहीं वाक़िफ़ हक़ीक़तों से नहीं
लेकिन हमें ख़ुद को बहलाना भी है

रात दिलचस्प हुई जाती है
मगर हम को नींद आती है

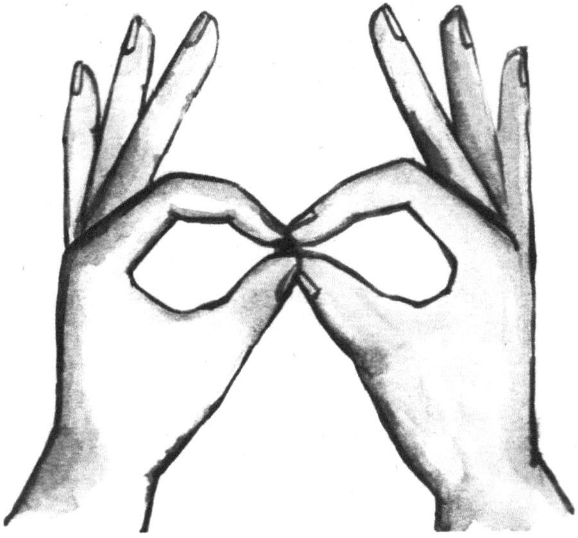

आप का अपना होगा नज़रिया
हमारी अपनी हक़ीक़तें हैं

नुमाइश, नुमाइश, नुमाइश सी बस
खंगाले, खंगाले, खंगाले कोई

होता नहीं अकेला तन्हाई में भी
ख़यालों से रहता हूँ अक्सर घिरा हुआ

ये तो हुआ कि एक उम्र लगी लेकिन
हुनर चुप रहने का अब सीख गया हूँ

ये तो मालूम नहीं कहाँ तक पहुँचा हूँ सफ़र में
कुछ रास्ते मगर अब पहचानते हैं मुझे

नहीं मुझे ग़ुरूर नहीं
आप में दिलचस्पी नहीं

ख़ामोशी मेरा मिज़ाज भी तो हो सकता है
तुम ने क्यूँ समझ लिया मेरा ग़ुरूर इसे

शामिल न हुए हम आसानियों में
बड़ी मुश्किलों से ये हासिल हुआ है

क्या बुरा जो कहे से मुकर जाऊँ किसी रोज़
ख़यालात मेरे कल को बदल भी तो सकते हैं

ज़ेहन के न जाने कितने ही उल्टे-सीधे ख़याल
बयाँ हो जाते हैं पन्नों पर टेढ़ी-मेढ़ी लकीरों से

□□□

* 9 7 8 9 3 5 2 6 6 8 6 9 4 *
FCW - #0126 - 061026 - C0 - 216/140/9 - PB - 9789352668694 - Matt Lamination